AF509116

HARANGVE

DV SIEVR MISTANGVET,

PARENT DE BRVSCAMBIL-
LE, POVR LA DEFFENCE DES
droicts du Mardy Gras.

Aux Deputez du pays de Morfante, En faueur des bons Compagnons.

A PARIS,

M. DC. XV.

HARANGVE

DV SIEVR MISTANGVET,
PARENT DE BRVSCAMBIL-
LE, POVR LA DEFFENCE DES
droicts du Mardy Gras.

Aux Deputez du pays de Morfante, En faueur des bons Compagnons.

POVR maintenir le droict des marchands de vin, conseruer la iustice deuë à toute sorte d'achepteurs de drogue aualatoire & confortante, les debilitez de l'estomac, iambe leuée chappeau posé, bragues aualades, ainsi qu'Hercules au duel d'Archeloé, le bras dans la manche & le nez au milieu du visage, les cornes au front, *Auditores plaisantißimi*, i'ose à la Platonique moderne & antique Gauloise faire paroistre plus asseuré qu'Icare & de-

A ij

monſtrer, *in genere deliberatiuo & demonſtra-*
tiuo, en demonſtrant faiſant paroiſtre, co-
gnoiſtre, voir, toucher au doigt, que le gros
poiſſon le petit mange, & qu'au lieu de dix
verres de vin que les aualatoires tenoient au
temps d'Adam extrauagamment & au preiudice des bources elles en tiennét cinquante : Ce qui eſt *contra bonos mores* & audelà de
la raiſon printaniere, cinquante vne lieuë,
vne lieuë demy-quart & dix minutes :

Donc pour ſe voir reformées les choſes
admiratoires, mirlifiques du téps qui court :

Conſtant vouloir vient ma Muſe inciter
A doctement eſcrire & reciter,
Choſes qui ont par changement diformes
Diuerſement receu nouuelles formes.

Au trauers des lunatiques Idées de mon
chappeau, i'ay trouué par Aſtralabe allego-
gorique & parent germain du mont Atlas
que Kareſme prenant alloit deuãt Kareſme,
& le iour qui faict metamorphoſer les ſaul-
cices &c. & pardelà le petit iour de mes lunettes i'ay veu que les Maſcarades à l'antique ont paſſé les Alpes à l'abandon pour en-
trer effrontement aux cuiſines des bonnes
maiſons & ſe mettre aupres du feu : les caba-
retiers, tauerniers, hoſteliers, charcuitiers,

fauetiers, crocheteurs, ie mets l'vn deuant
l'autre fans les Myrmidons & Pygmées, ont
recognu que lefdits Mafcarades auoient les
dents longues au poffible à caufe du chemin
qu'ils ont aduancé & arpenté côme Anthée
& Polipheme, & pour guerir le mal des machoüeres par compaffion de la male rage de
fin qui les auoit rendu grefles, ont percé
muits, faiêt falades, trenché iambons & lardons, faiêt endoüilles, fricaffé, raptaffé faiêt
boüillir, cuire en verjus, vinaigre, vin blanc
& vin clairet, jus d'orange, poudre de fa-
fram & autre drogue reftauratiue pour ap-
pliquer entre la haute & baffe machoüere,
auec autres iambons cuis auec lauriers, poul-
les boüillies, chappons roftis, cocqs d'inde,
pigeonneaux, potages, ragous, fricaffées, fi-
uez, hachis, falmigondis, patifferie & frica-
cée & friandife, appetit fur appetit de toft,
toft, toft & toft, toft, toft, les voicy, les voy-
là, choux fucrez à l'eau rofe, tartes, craque-
lins, bifcuits, mafcepan, poupelins, petits
gafteaux, talemoufes, cotignats, oranges, ci-
trons, grenades, marrons, tartelettes, brio-
ches, raifins de corinthe, fromage d'hollan-
de, poires, pommes & angelots: *Nouiffimè
autem fciendum eft,* qu'encore qu'ils euffent

mieux qu'Epicure, Heliogabale, Aglais &
cinquante Suisses affamez, bien-fournis, ou-
trageusement, extrauagamment, audacieu-
sement, plus hardiment que Marsias auec
Apollon ne ioüa des flustes sans raison: *contra
rem, sine caussa* sans y songer finement à la dé-
robée, sont entrez par le souspirail de la caue
de nos caues & entonné le reste des muits
comme valets du dieu Hymen amenez aux
nopces, & ce par les casques ventriculaires,
ont chargé la valize de derriere de nos in-
struments de gueule & confortant restaura-
tifs, sans que l'ombre seulement au changement y soit restée, sinon des futailles vuides
& la place ny fut plus si le goulet aualatoire
eut esté *satis digerant* & d'humeur d'Autru-
che. D'où vient Messieurs les deputez du
digne, du precieux, du mirlifique, super-
licocantieux & drolifique estat du pays de
morfante, assemblez aux cantons de ces
Pantagruelistes pour escouter leur cause &
la mienne, i'aiourne vos aureilles à s'agrandir
& vos bouches à s'ouurir pour rire de ce que
vous entendrez, & entendre cela dont vous
rirez, sans oublier d'ouurir les deux fenestres
pour voir ce qui se passera, Ainsi donc qu'vn
aueugle qui à perdu son baston n'a non plus

enuie de rire que le porcher qui perdit son
allene auec le Roy François au grand nez,
ainsi dis-ie Messiours qu'au trauaux du fils de
Iupiter nous remarquôs qui faict bon se def-
fendre & vaincre, cóme quád il dôpta Busi-
re & feit au fils de la terre mordre sa mere &
faict chier Gerion le Berger dás ses chausses,
quand il assomma Cerbere & tua le Taureau
tant notoire en Crete, ainsi qu'Elis à cognu
ses faicts Stymphale le bois Parthenien, le
fleuue Thermodon, Hyppolitte, dont il em-
porta la ceinture & sur tout quand il eut le
fruict d'or.

L'or mal gardé du dragon vigilant.
Quand il veinqueit les Centaures, & comme quand il veinqueit le sanglier qui ga-
stoit l'Arcadie & Hydra aussi le serpent à
tant de testes & ce Roy Diomedes qui nour-
rissoit ses cheuaux de sang humain, & quand
il opprima en la forest Nemée le grand lyon,
& quand à force de bras il occit aupres du
Tybre Cacus monstre horrible, à son exem-
ple nous apprenons que d'abandonner la
place aux Mascarades & leur octroyer fan-
fare entiere, triomphe & victoire du Carnaual, au preiudice des nobles, rares, entendus,
mirlisiques & penetrants esprits Bruscam-

bille , Miſtanguet , Guarguille , Turlupin Guillaume, Iean Farine, Siboulet, Cole, Spananté , Engouleuent , Gringalet & autres: c'eſt renuerſer le pot ſans deſſus deſſous, contrepeter tout ordre armonique , alambiquer la raiſon Philoſophique, ruiner les Idées Platoniques, tracaſſer, viadeſer, mocquer & rire la vertu vniuerſelle commune & drolatique des enfans d'artifice.

Donc *ergo* ainſi comme, & tout ainſi que les anciens Gaulois, Celtes & Cimbres n'oublioient de ſouper & gouſter apres auoir deſieuné & diſné, & faire ce que delà les ponts le petit monde faict, & ainſi que des dents de Cadmus du trou punais faire croiſtre, deſirát mourir pluſtoſt à la table qu'au lict , ainſi que les Confreres duDome de Bacchus, & ietter auec Diane & tout cela force eau de fontaine ſur les Acteons de l'an 1615. & tomber ainſi que Mercure du haut en bas pour viſiter Herſé la Nymphe , & ſur tout euiter les regards de Meduſe peur d'eſtre faicts montaignes: Pour ce ſuiet ie prie voſtre ingenieuſe prononciation d'arreſts de gueule, ſentences de breuuage, condamnations de mines mornes & melancoliques , ſacrez ennemis des hypocrites enfans du demon , duquel parle

ce gentil Ouide, au fecond des Met. qui ne
rit iamais,

—————————— *Fors quand mal'heur*
Faict à aucun fentir griefue douleur.

Qu'il vous plaife dif-ie arrefter , déter-
miner & commāder abfolument & fans ap-
pel aux Princes des hiftoires iouialles & fes
fubftituds d'agencer tables , dreffer bufets,
percer muids, faire faulces nouuelles, fon-
ner inftruments , chanter mufique , faire
Mafcarade , grands balets, petits balets, tor-
nois, fanfares, pecher à la ligne &c. affemblées maieures , affemblées mineures , aller
en compagnie ronde, quarrée , longue de 2.
de 3. de 4. de 5. de 6. de plus de moins &c. de
beaux, de laids, de gras, de maigres, réinffer
verres, emplir bouteilles, mettre faulcices au
vin, fur les charbons, fur le gril, endoüilles
aux pois paftez de pigeons à la compofte &
autres fortes , fans l'efpice , à fin que auec
Mafcarades propres pour les amours du
Iouuenceau de Semirame , enfemble ou à
part, beaucoup, ou vn tout feul, en attendant
nouuelles , gambades , ruades fur ruades,
greillades fur greillades au retour de la terre
de promiffion deuë au portraict de l'effigie
on puiffe boire l'vn à l'autre à tarelarigot:

Car Messieurs suyuăt les termes, glose, mots, verbes, paroles, closes, periodes & ortographe du dieu qui preside à noz solemnitez, festes & ioyeuses assemblées couchez par escrit dans le papier du seigneur Bruscambille Secretaire de Momus de Bacchus & d'Hymen, sans les autres dieux Satyres, Faunes & Syluins pour estre communiquée à vne haute & sublime & fringante assemblée, de laquelle i'ay faict lecture & mis icy par escrit.

Lettre de Bruscambille, Secretaire des Dieux, Presidant aux Bacchanales, à Mistanguet son parent, Orateur pour les esprits ioyeux és pays de pardeçà les Tauernettes, à present aux pays de Marsante. Salut & assignation de gueule.

MAistre Antitus, seigneur Mistanguet, mon ioly cousin, salut. Nous souz-signez desirant vous faire purger la ratte & la purger auec vous par côpassion de l'humeur melancolique : Ioinct que le temps & la faison nous y conuient, nous vous enuoyons saluades par Gringalet vn de nos freres degousté pour vous remetrre en memoire quand & quand la promesse, ne visant, ne tendant, ne mirant, n'adressant & ne preten-

dant *à altre cose* qu'à faire *gaudeamus id est,*
c'est à dire en essence & substance réelle &
non imaginatrice , ioüer des machoüeres
mieux qu'au logis de Lycaon, *perquey Seigno-*
re si voi auete desiderio de voir comme le trou-
peau fidelle de nos peres & leürs adherants
disnent, & quels rateliers ils ont à vostre seruice, particulierement sans toutes les autres
puissances de leur appetit , executeur de
merueilles dont ils font offices à vostre sei-
gneurie, accompagnez de gens allegres des
dents *mediantibus illis* pour finir, accomplir
terminer, borner & vuider ce seruice, nous
auons vn pied dans le soulier & hors du logis
pour nous trouuer, rencontrer, transporter,
transfreter , transnager & transplanter du
lieu de nos conceptions fantasques, lunatiques & goguenardes, lieu moite aux iours de
Karesme-prenant, ou à la pomme de Pin, ou
à la teste Noire, ou au petit Diable, si la com-
modité de vos lunettes le permet, sans rire
tout à bõ, pour rire & auec verité, nous fiant
à l'intercession du messager richement moustaché & portant le nez de haute lutte aux
bonnes escoutes des cabarets & à la responce
qu'il plaira à vostre reueréce de nous faire, en
esperant & souhaittant nous ne laisserons en

laiſſant la marmite au feu & le verre ſur table, auec vne orange pour le retour, d'ac-
courir chez vous au ſecours d'vn paſté ſaiſi
de tous les coſtez, ou d'vne poulle auec des
endoüillettes &c. le tout ſur l'intammoins &
en deduction du diſner perdu au ieu de paul-
me, ſauf à rabattre ce que l'honneur nous di-
ra, vous promettant par Gringalet vn lieu
eminent à l'hoſtel de Bourgongne, ou aux
faux-bourgs ſainct Germain à la galerie ou
au parterre ſechement ſans aucun débour-
cement de finances pour ce regard, ſi les nei-
ges n'empeſchent où la quinteſcence, Adieu
nous vous conſeillons de vous tenir auſſi
ioyeux que par le paſſé, & que le cul décou-
uert & la bouche ouuerte vous quittiez, cõ-
me Ariſtote & Platon le ſoin des piſtoles,
vous aſſeurant pour l'auoir experimenté
qu'vn repas pris auec nous autres pelerins
vaut mieux qu'vne diſaine d'ordonnance,
Adieu, *vale*, bon-iour en aduançant, hardis
ſans crainte & armez à l'auantage pour mordre, boire ſatrapement, rompre les nuës &
faire grillade Adieu *iterum atque iterum* iuſ-
qu'à la rencontre eſperée, attendue, deſi-
rée affectée, recherchée, fleurée par l'occa-
ſion du temps, vous deſirât bonne renõmee.

————Et preparez l'office
Pour faire veux & diuin sacrifice   à Iupiter.
Et retenez que les Champions demeurent,
MONSIEVR, & Cousin,

Vos tres-humbles & tres-plains d'appetit
pour vous seruir en tel effect & ailleurs,
Bruscambille , Gringalet , Guarguille,
Iean Farine, Coolle, Siboulet & autres.

Afin que sur leur signature authentique &
pedantesque adroite à faire les bignets, vos
testes rondes & longues, vos grandes oreil-
les, vos gros nez, vos barbes salles, vos dents
longues, vos moustaches, vos iambes gresles
& longues appetissées soient à ce iour plain
de festinité gratulatoire, pencheante à l'ac-
cord du ieu des machoüeres, car ainsi que
l'encre paroist sur mon papier, cela se voit &
iuste & beau & est plus honneste & plus ne-
cessaire d'auoir à disner qu'à mourir de faim.

Les estrangers Mascarades trop amateurs
de nos raisins applaudissent nos coustumes à
nos dépends & nous les endurerons boire &
faire grillade sans nous : *ô tempora ô mores* : Ils
viendront peter, tousser, cracher, se mou-
cher, sauter, pisser, faire les drosles à nos por-

tes & dans nos ruës fans faire comme eux,
que diroit-on de l'antiquité Gauloife & du
tabourin des Suiffes, ou feroit caché le luftre
& l'honneur des bons beuueurs & crocheteurs de bouteilles, tant à l'ortodoxe qu'à
l'antique, fy des poltrons à table, Nous
voulons rire, aller à la farce, mettre mafques,
porter momonts, tenir falots, ioüer au per &
la prefe, à la chance, à la rafle, tirer l'efcu fur
les tablettes, ioüer aux boutiques fur les tables & le cul du tambour, boire dans vn fa-
bot, piffer dans vn verre, faire des étrons vo-
lants à qui en voudra, foir & matin, ainfi que
jadis feirent nos peres Grecs, Romains, Car-
thaginois, Troyés, Turcs, Arabes, Allemãts,
Italiens, Efpagnols, Polonois, Anglois, Fla-
mants, Suiffes, Lorrains, Normans, badaux
de Paris, Picards, Champenois, Sauoyards *&*
fuper omnes cafus, les enfans de la Meffe de
minuict, comme Crocheteurs, Sauetiers,
Menuifiers, Tauerniers, ieunes gens & d'appetit, fuyuant la gaillarde couftume des A-
theniens qui faifoient des affemblées qu'on
appelle en Grec *Philiaì, id eft amicitiæ* en latin
& en Suiffe du marché neuf, les amitiez ap-
prenãt d'eux que ce n'eft pas d'auiourd'huy
qu'il faict froid l'hyuer & partant bon pour

la santé de mourir le dos au feu & le ventre à
la table, du moins *in hac die* : c'eſt à dire au
iour de Kareſme-prenant *quia* pour ce que
Semel in anno ridet Apollo : I'ay cent fois experimenté en ma vie qu'vn homme apres def-
ieuner eſt plus legier qu'au parauãt, & qu'v-
ne femme qui à deux iambes court mieux.
qu'vn boiteux qui à mal au pied, joinct que
de prendre tous les matins vne trenche de
iambon auec vne demionce d'hypocras &
vn verre de vin blanc eſt vn remede qui
n'empeſche aucunement de ſauter, les fem-
mes d'enfanter, ny les filles de faire gracieu-
ſe mine en hyuer & en eſté : Car noûs voyõs
qu'Ariſtote pour bien philoſopher beuuoit
vn coup, Socrate vn coup, Platõ deux coups,
Ciceron trois : Cæſar ſ'enyuroit, Alexandre
auſſi, le ſoleil & la terre boiuent, pourquoy
donc ne boirons nous pas.

Il y en à eu qui ont faict ſaulter les mon-
tées aux Medecins, à raiſon qu'ils croyoient
& verum eſt qu'vn verre de vin blanc vaut
mieux que tous leurs breuuages ny que les
cliſteres qui ſont faicts de telle & tant at-
trayante drogue qu'il n'eſt ſi bel eſcu qui ne
tremble quand ils approchent, d'ou vient
qu'apportant vn tel remede en France, vous

auez occasion de mettre le chappeau bas &
de m'accoller la cuisse & me dōner le droict
de triompher auecque ma tollée en dépit
des Mascarades mal aduoüez du Senat de
Morsante, qui sont venus en larrons quinze
iours deuant pour faire honte aux petits gar-
çons:

Il estoit deffendu par la loy *& scitis* & vous
le sçauez *Messiores coüillardissimi, friantissimi,
drolissimi & plaisantissimi Auditores*, de triompher anciennement si on n'auoit enuoyé aux
pays des taupes cinq mille hommes en vn
combat: Depuis le pays des Tauernettes ius-
qu'à Paris, il n'est arbre ny buisson qui n'ait
accroché mon sayon & veu mes lunettes,
vnde fit, d'où vient que l'authorité, la seuere
& autenthique iurisdiction de saluer les ca-
marades des places Maubert, Halles, Marché neuf, Greue, place aux Veaux, pont
Neuf, Marché aux cheuaux, porte de Paris,
petit Pont, foire sainct Laurens, de sainct
Germain des cabarets, tauernes, hostelle-
ries, comme clercs, escoliers deuant, pages
laquais, bons goulus, Aduocats de la lanter-
ne & autres, Procureurs, Marchands mor-
fondus du palais d'amour, Rotisseurs, Patis-
siers &c. doit estre auec applaudissement re-
ceuë

ceuë de tous les enfans qui n'ont ne pere ne mere & iuré mal'heur aux fantaisies de l'an passé, qui faict Messieurs que ie specifie par qualité & nom, par surnom, car ie veux que beaucoup en soient, ceux pour qui i'interuiens en cette cause importante, pour conseruer les droicts & la coustume des esprits ioyeux & pour voir mettre à l'huis les melancoliques, à icelle fin que la police soit conseruée & le *decorum* gardé : l'auarice de Midas *exeat hinc*, au diantre en vn mot : *Indagatrix est lucrorum manifestæ prædæ auidißima vorago nec habendi fructu fœlix & cupiditate quærendi miserrima* : C'est à dire que s'ils ne veulent paistre à la ville qu'ils aillent aux champs & que l'auarice de Marcus Crassus & de Quintus Hortensius qui accepterent contre leur reputat d'estre faicts heritiers par vn faux testament, n'a que faire icy encore moins celle de Ptolemée Roy des Cypriens ayant dérobé à bon escient : comme les Sergens & les Chicaneurs, preuoyant que l'argent qu'il auoit gaingné à faire rage des pieds tortus l'enuoyroit aux lanternes & le feroit perdre, feit faire vn vaisseau comme vn autre Panurge, où il y auoit vn petit trou à fin qu'en allant passer le ruisseau de Gentilly où la Seine

il se peut noyer luy-mesme & perdre ses fi-
nâces, & par ainsi faire enrager ses ennemis,
pauure caillette ayât peur de quitter sa peau
plus poltron aymant viure vn petit plus long
temps, considera qu'en laschant la bource il
se tireroit de la griffe de ses ennemys, le pauure barboüillé estant possedé plustost par ses
biens que maistre d'iceux, Roy des Cypriens
& valet de ses escus : Il y en a à la verité qui
faute de bois se chauffoient durant le grand
hyuer plain de neges & couché dans les gla-
çons plustost que de dépencer vn denier à la
fumée d'vn étron *quod turpe est*, ce qui est de
mauuaise odeur pour le mal de nez : Ie parle
machement & voudrois que tous les soldats
de la table ronde eussent accouru des monu-
ments au pays ou nous sommes pour les res-
ueiller.

Pour conclurre en concluant, ie prie &
supplie & prie bonnet leué, lunettes ostées,
main escarquillée, yeux fort ouuerts, le trou
du cul moustaché, agencé, assis tout de bout,
l'appetissé Senat de Morfante, d'auoir égard
à ces freres impotents & endormis coüillons
qui n'attendent sinon que le diable les em-
porte auec leurs escus : Car quand à nous
nous les expulsons, chassons, bannissons, en-

uoyons au peautre, au champ du landis, bien
loing pour iamais ne reuenir , & prions la
Cour de faire ce qui eſt raiſonnable pour
nous autres lifrelofes, gaillards, plaiſants ca-
marades, freres coüillards, drolles, bõs compagnons, maiſtre du temps de l'antique, moderne, grande, petite, haute & baſſe fournée,
contre ces poltrons, ces aſnes, ces pieds plats,
ces raquedenaſes, ces viedaſes, ces rogneurs
de portions, ces vendeurs de nentilles fricaſ-
ſées, ces nigaux, ces aloüettes, ces badaux, à
fin que les droicts ſeigneurieux de nos pays
de Morfante & terre de Mardy Gras ſoient
pour la manutention de noſtre eſtat conſer-
uez pour ceux qui releueront mangerie, le
Ieudy, Dimãche, Lundy & mardy Gras &c.
Et que la taille, impoſt, gabelle, huictieſme,
haute & baſſe charge ſoiét en trefue iuſque
apres nos ieux & entre nous à iamais : Que
nos cayers qui dans peu ſerons mis par articles ſoient receus & accordez à l'vtilité de
ceux & celles qui ne manquent point d'appetit de bonne volonté & à qui le *quibus* faict
bonne mine *mediantibus illis*, MISTANGVET.

Viue la saulce des Gengarmes,
Qui courent à Karesme-prenant,
Leurs lardons qui leurs seruent d'armes
Combattent le monde en mordant.
Mistanguet donne les alarmes
A ces drosles faicts en riant.

F I N I S.

Articles accordez au sieur Mistanguet, par les
Deputez du pays de Morfante.

Gros Guillaume, Michaut Roupie, En-
gouleuent, Tropsou, Triboulet, Guarguille,
Iean Farine, Turlupin, Gueridon, le Philou,
Iean Sonnette, Pierre du Puis, Gringalet,
Bruscambille, & autres.

Pour applaudir, priser, esleuer & mettre
au iour la bonne, belle, galante, fringante,
puissante, saultante & fanfarante coustume
du Mardy Gras, autrement appellé Bacchanales & Karesme-prenant, où Carnaual, nous
tels ainsi qu'au tiltre, outres les articles particulierement accordez au sieur Mistanguet,
Nous voulōs que le commun de nostre ban-
de mirlifique se leue du matin ces iours là,
boire vn coup, ouure le petit pasté de cinq

ſols, face grillades , gambades, ruades, ſaüa-
des modeſte, par les cantons affectez à la drolifique Confrairie, prudemment, ne tendant
qu'à rire, ſans offencer ny les gros ny les me-
nus, pouſſe, mache, ric, rigolle, friande Mardy à toutes reſtes , diſne, morde , boiue, face
carouſſe, gambade, face grillade ſoir & matin, iour & nuict & choſe qui ſe puiſſe accor-
der honneſtement en nos eſcolles, *iuxta illud
Catonis.* *Intermiſce tuis interdum gaudia Curis,*

Signé, Gros Guillaume , M. Roupie
& les autres.